Michel Carré, Giulio Barbier

Amleto

Tragedia lirica in cinque atti

Antigonos

Michel Carré, Giulio Barbier

Amleto

Tragedia lirica in cinque atti

Ristampa immutata dell'edizione originale del 1879.

1ª edizione 2024 | ISBN: 978-3-38664-857-8

Antigonos Verlag è un marchio della Outlook Verlagsgesellschaft mbH.

Verlag (Editore): Outlook Verlag GmbH, Zeilweg 44, 60439 Frankfurt, Deutschland
Vertretungsberechtigt (Rappresentante autorizzato): E. Roepke, Zeilweg 44, 60439 Frankfurt, Deutschland
Druck (Tipografia): Libri Plureos GmbH, Friedensallee 273, 22763 Hamburg, Deutschland

AMLETO

TRAGEDIA LIRICA IN CINQUE ATTI

DEI SIGNORI

Michele Carré e Giulio Barbier

POSTA IN MUSICA DAL MAESTRO

AMBROGIO THOMAS

Traduzione Italiana di ACHILLE DE LAUZIÈRES

TEATRO APOLLO DI ROMA

STAGIONE DI CARNEVALE E QUARESIMA 1878-79

IMPRESA JACOVACCI

<table>
<tr><td>MILANO

EDOARDO SONZOGNO
Via Pasquirolo, 14.</td><td>PARIS

HEUGEL & COMP.
Rue Vivienne, 2 bis.</td></tr>
</table>

Milano, 1879. — Tip. dello Stab. di E. Sonzogno.

<table>
<tr><td colspan="2" align="center">PERSONAGGI</td><td colspan="2" align="center">ATTORI</td></tr>
<tr><td colspan="2" align="center">—</td><td colspan="2" align="center">—</td></tr>
<tr><td colspan="2">AMLETO . . . .</td><td>Sig.</td><td>Francesco Graziani</td></tr>
<tr><td colspan="2">CLAUDIO, re di Danimarca . . . .</td><td>»</td><td>Angelo Tamburlini</td></tr>
<tr><td colspan="2">LO SPETTRO DEL RE ESTINTO . . . . .</td><td>»</td><td>Antonio Faberi</td></tr>
<tr><td colspan="2">POLONIO, gran ciambellano. . . . .</td><td>»</td><td>Pio Purarelli</td></tr>
<tr><td colspan="2">LAERZIO, figlio di Polonio . . . .</td><td>»</td><td>Modesto Duranti</td></tr>
<tr><td>MARCELLO</td><td>uffiz., amici</td><td>»</td><td>Salvatore De Angelis</td></tr>
<tr><td>ORAZIO</td><td>d'Amleto</td><td>»</td><td>Achille Cardos</td></tr>
<tr><td colspan="2">PRIMO BECCHINO . .</td><td>»</td><td>N. N.</td></tr>
<tr><td colspan="2">SECONDO BECCHINO.</td><td>»</td><td>N. N.</td></tr>
<tr><td colspan="2">GELTRUDE, regina di Danimarca e madre di Amleto . . . .</td><td>Sig.ª</td><td>Chiara Bernau</td></tr>
<tr><td colspan="2">OFELIA, figlia di Polonio</td><td>»</td><td>Bianca Donadio.</td></tr>
</table>

Signori — Dame — Soldati — Comici — Servi
Contadini danesi.

La scena è in Elsenore nella Danimarca.

Maestro Concertatore e Direttore
Cav. LUIGI MANCINELLI.

Maestro Istruttore dei Cori
VINCENZO MOLAJOLI.

Maestro della Banda
GIUSEPPE SANTINELLI.

Direttore di Scena   Suggeritore della Musica
Guglielmo Canori.   **Giovanni Bacigalupi.**

Coreografo per le Danze
Raffaele Rossi.

Buttafuori
Ludovico Arrighi.

ATTO PRIMO

QUADRO PRIMO.

Una sala nella Reggia

SCENA I.

**Il Re, Polonio, Signori *e* Dame della Corte, Paggi,
Guardie; *poi* la Regina.**

(Il Re è in piedi sulla tribuna reale, circondato dai suoi cortigiani)

CORO.

Inni lieti cantare dobbiamo;
Tutto è festa, contento allegrezza;
In dolce ebbrezza
Oggi, o Re, l'imeneo salutiamo.

(La Regina entra in iscena e s'inchina giunta che è ai primi gradini
del trono)

CORO.

Regina amata — idolatrata!
A te le lagrime terga l'amor,
È la tua corte a te prostrata;
T'arrida fausto, donna, il Signor!

(Il Re prende la corona reale e la posa sulla fronte della Regina)

IL RE.

A te, che sposa fosti al mio germano,
Il regal serto offrendo
Cedo al desir del popolo danese.
Innanzi al lor volere, a me palese,
La doglia mia fia vana.
La grazia e la bontade
Sii tu della possanza mia sovrana.
Sii mia consorte tu, già mia germana.

LA REGINA (sottovoce al Re, ed inquieta)

Non veggo il mio figliuol!...

IL RE (sottovoce alla Regina)

Silenzio! Sii Regina!

CORO.

Inni lieti cantare dobbiamo;
Tutto è festa, contento, allegrezza;
In dolce ebbrezza
Oggi, o Re, l'imeneo salutiamo!

(Squillo di trombe. Le campane suonano a festa. La corte si ritira
seguendo il Re e la Regina. Amleto scende lentamente dal fondo)

SCENA II.

Amleto, solo.

O vano duol! fuggevole
Affetto!... Cadea spento il genitore:
Crudel destino lo colpì: due lune
Appena scorse sono, e a novel nodo
Passa la madre mia!
Ecco il dolor ch'esser doveva eterno!...
In pochi dì sparia!... Donna il tuo nome
È incostanza e fragilità!... Chi viene?

SCENA III.

Ofelia *ed* **Amleto.**

OFELIA.

Mio signor!

AMLETO.

Vieni, Ofelia.

OFELIA.

Ahimè! pena funesta,
Affliggendo il tuo core,
Condanna tanta festa.
Al Re tu, per partire,
Or or dicevi addio!
Questo suol vuoi fuggire?
E perchè?

AMLETO.

Lo degg'io.

OFELIA.

Perchè lo sguardo chini al suol? qual mai
Crudo dolor lungi di quì t'invia?
Creder dovrò che il cuore tuo m'obblia?

AMLETO.

No, testimon m'è Dio!
Tale io non son che in un sol giorno obblio
I giuri miei, l'amore...
Non ho di donna il core.

OFELIA.

Ah! sei crudele!
Ofelia, di', mertava
Che le facessi ingiuria tal?

AMLETO.

Perdona,

Celeste crëatura,
Accusarti non so. L'alma tua pura
Negli occhi si rivela.
  Negar tu puoi la luce,
  Dire che il sole — non ha splendore,
  Che non v'è cielo — che non v'è Dio;
Ma dubitar non puoi dell'amor mío.

OFELIA.

  Il so, ma un tanto amore
  Forza o virtù non ha;
Lasciarmi non potresti al mio dolore,
Se amante come il mio fosse il tuo core.

AMLETO.

No, lasciarti non voglio:
Fuggir vo' solo l'incostanza umana.
L'aspetto tuo sereno
Nel volontario esilio
Ognor mi seguirà... La tua parola
M'acqueta e mi consola;
Meno amaro è il dolore
Se lo blandisce amore.
Un sol tuo detto, un solo, se tu il vuoi,
Mi basta perch'io resti ai piedi tuoi.

OFELIA.

Angeli eterni — Spirti superni,
  Voi che sgabel — fate al Signor...
Santo drappel — tu sii dal ciel
  Il testimon — d'un tanto amor!

AMLETO.

Ofelia mia diletta!...

OFELIA.

Quest'alma a te s'affida!

AMLETO.

In te 'l mio cor confida!

OFELIA.

Insiem vivremo, insiem!

SCENA IV.

Amleto, Ofelia, Laerzio.

LAERZIO.

Omaggio, Amleto, a te.

AMLETO.

     Che fausto il ciel ti sia!
D'Ofelia tu germano, il mio sarai.

LAERZIO.

       Signore,
A dirti io vengo addio, m'è forza di partire.

OFELIA.

Tu parti?

LAERZIO.

   Il Re m'invia presso il norvegio sire;
Parto al cader del dì.

OFELIA.

   .... Ah! il sol già disparì.

LAERZIO.

Pel patrio suol, fedele cittadino,
 Combatter deggio, ed in esilio andar;
 Ma se morir non posso a lei vicino,
 L'affetto tuo la venga a consolar.

È la mia vita, l'amor mio fido.
  Prence, io la lascio in guardia a te;
  Al tuo bel core io la confido,
  La raccomando a la tua fè.

Se qui abbandono una germana amata,
  Di suo fratel le veci tu farai;
  Da te protetta sia, da te guidata,
  Sola non sia, se lungi io deggio andar.
È la mia vita, l'amor mio fido,
  Prence, io la lascio in guardia a te,
  Al tuo bel core io la confido,
  La raccomando a la tua fè.

OFELIA.

Egli ha il mio core, ed egli ha la mia vita.

AMLETO.

Alla mia fede egual l'amore avrò.

(Servi e paggi muovono verso il fondo della scena. S'ode cominciare la festa)

OFELIA (ad Amleto).

Seguirci tu non vuoi?
La festa incominciò.

AMLETO.

            Non deggio andarvi.
Laerzio, il ciel t'arrida,
E sia clemente a te.

(Si separano. Le Dame ed i Signori si recano alla festa. Un drappello di giovani uffiziali e di paggi entra in iscena)

SCENA V.

Coro d'Uffiziali *e* **Paggi**; *poi* **Orazio** *e* **Marcello.**

CORO.

Bando alla mestizia!
Letizia
Resti sovrana ognor
Dei cor.
Il gaudio a sè ne invita;
La vita
Dura a chi vuol penar
Sol par.
Nutriamo un sol pensiere:
Godere !
Non torna il dì che fu
Mai più !

(Orazio entra con Marcello, e si rivolge agli Uffiziali)

ORAZIO e MARCELLO.

Il prence noi cerchiamo: ne dite ov'è.

CORO.

Perchè?

Che mai da lui si vuol?

MARCELLO (sotto voce con paura).

Insiem la scorsa notte,
Sul bastïon, del vento al freddo soffio e tristo,
Del morto re lo spettro da noi sorger fu visto.

CORO.

Puerile visïone — mendace illusïone !

MARCELLO.

No, vel giuro! il sembiante lo spettro avea del re.

ORAZIO.

Dio ci proteggerà!

MARCELLO.

Ma noi dire dobbiamo
Al prence quest'evento. Ad esso entrambi andiamo.

(Marcello ed Orazio partono)

CORO.

Bando alla mestizia!
Letizia
Resti sovrana ognor
Dei cor! ecc.

(gli Uffiziali ed i Paggi escono)

QUADRO SECONDO.

La spianata. — In fondo la reggia illuminata. — È notte.
La luna è velata da dense nubi.

SCENA I.

Il teatro è vuoto per qualche istante. — Cade la neve.
ORAZIO entra seguito da MARCELLO.

Orazio, Marcello, *poi* **Amleto.**

ORAZIO.

Tornerà?... Rivedrem del re lo spettro ancor?

MARCELLO.

Laggiù la scorsa notte ne apparve; là sorgea.

AMLETO.

Orazio, di', sei tu?

ORAZIO.

Non t'inganni, o signor.

MARCELLO.

È il prence che parlò!

AMLETO.

Sì, udir qui mi parea
La voce di Marcello e la tua. Che si vuol?
Perchè venivo io qui?

MARCELLO.

Lo sguardo tuo può sol
Il mistero fatal penetrare e svelar...
A noi Dio ti guidò... La scorsa notte...

AMLETO.

Ebben?

ORAZIO.

Sorger vedemmo l'ombra del re tuo genitore.

AMLETO.

Che ascolto!

MARCELLO.

Sì, colà. Non c'illudea l'errore.

AMLETO.

Fia vero?

ORAZIO.

A quell'aspetto tremammo di spavento:
Fisso lo sguardo aveva, grave era il passo e lento.

AMLETO.

O sinistro portento!

ORAZIO.

Tre volte ei ripassò
Colà nel tenebror!

AMLETO.

Oh, prodigio funesto!

ORAZIO.

Noi lo vedemmo, il viso pallido aveva e mesto.

AMLETO.

A qual ora v'apparve?

MARCELLO.

A mezzanotte.

AMLETO.

Sì?

ORAZIO.

Cantar il gallo udì, e lo spettro sparì.

AMLETO.

Non parlò?

MARCELLO.

Non parlò.

AMLETO.

Ciel! mi trema il core...
Ma che temer possiamo — dei cari che perdiamo
Se ci amaron quaggiù?... L'ombra del genitore
Riedere potrà forse. Aspettiam!

MARCELLO ed ORAZIO.

Aspettiam! ·
(musica nella reggia. Colpi di cannone)

AMLETO.

Tenebre e lutto qua; colà gioia, piacer!
Ritegno il re non ha; — la morte insulta inver!
(suona mezzanotte)

ORAZIO.

Ascoltiam... mezzanotte!

MARCELLO

È l'ora.

ORAZIO.

Il vedi là?

(lo Spettro appare)

AMLETO.

Un gel mi corse in core.

ORAZIO e MARCELLO.

Spirti del ciel, pietà!

AMLETO.

Spettro infernal, immagin venerata,
  O padre mio, mio re!
D'un figlio odi la voce desolata;
  Parla, rispondi a me!

MARCELLO ed ORAZIO.

Di gelo il cor si fe'.

AMLETO.

Perchè vien' tu fuori dell'avello nero,
  Che serrava la spoglia tua mortal?
Perchè sorgi così, fatal mistero!
  Armato, e al crin col serto tuo regal!
Spettro infernal, immagin venerata, ecc.

(lo spettro fa cenno ad Orazio ed a Marcello d'allontanarsi)

ORAZIO.

Il cenno suo c'impone di partire.

AMLETO.

V'è forza d'obbedire.

MARCELLO.

Se t'abbandono, mi punisca Iddio.

AMLETO.

A che tardar?

MARCELLO ed ORAZIO.

Signore!...

AMLETO.

Non più! Temer non so per quest'alma immortale!
Partite, egli mi chiama.

MARCELLO ed ORAZIO.

Dio vegli sui tuoi dì.
(Per dargli aita, lungi noi non andrem di qui.)

(escono)

SCENA II.

Amleto *e* lo Spettro.

AMLETO.

Parla, soli noi siàm.

LO SPETTRO.

Favellerò.

AMLETO.

T'ascolto.

LO SPETTRO.

Son del tuo padre l'ombra; un divino potere
Mi tira dall'avel, e vêr te m'ha rivolto,
Perchè a dettarti io venga il tuo dovere.

AMLETO.
Parla, saprò obbedir, sommesso al tuo volere.

LO SPETTRO.

Se nel tuo core serbi di me pio sovvenir,
Vendicarmi tu dèi.

AMLETO.

Gran Dio!

LO SPETTRO.

Dovrai ferir !
Senza pietà !... Suonata è l'ora del punir.

AMLETO.

Qual colpa ho a vendicar, qual perverso a colpir ?

(musica giuliva nella reggia, suono di campane, sparo di cannone)

LO SPETTRO.

Non l'odi? Gli fan festa!
Già proclamato è re...
Posa il mio serto in testa...
Non v'ha un pensier per me!

(s'ode spirare il vento)

Ma la brezza mattinale
Il funebre sudario ha sollevato...
Compir si dee la missïon fatale.
Affrettarmi degg'io.

AMLETO.

Favella, imponi.

LO SPETTRO.

L'adulterio macchiò la mia regal dimora :
Ed ei, perchè compita fosse l'infamia appien,
Il sonno mio spïando profittava dell'ora,
E sulle labbra mie versò mortal velen.

AMLETO.

Dio giusto!

LO SPETTRO.

Vendicar tu devi il genitore,
Non aspettar che giunta sia l'ora del pentir,
Ma giammai sulla madre non scenda il tuo rigore:
L'abbandoniamo al ciel, che la saprà punir.

AMLETO.

Ah! madre, madre mia!

LO SPETTRO.

L'alba a spuntar è presso;
L'avello a sè mi chiama; tornar io deggio ad esso.
Addio!... Non obbliar!...   (s'allontana)

AMLETO.

O spettro, spettro santo,
Ombra vendicatrice, fia pago il tuo desio!
O luce, o sole, o gloria, amor caro a me tanto!
Addio!... Mi sovverrò!... Mi sovverrò, sì!... addio!

(lo Spettro, prima di sparire, s'arresta nel fondo con la mano stesa
verso Amleto. Orazio e Marcello ritornano e restano nell'ombra
immobili ed atterriti. Squillo di trombe. Musica giuliva e colpi
di cannone in lontananza)

FINE DELL'ATTO PRIMO.

ATTO SECONDO

QUADRO PRIMO.

Giardini della reggia.

SCENA I.

Ofelia, *sola, entrando in iscena con un libro in mano.*

OFELIA.

La sua man non ancora oggi la mia toccò!...
Si turba alla mia vista e fugge al mio venire;
  Nel guardo suo vegg'io rampogne ed ire...
Qual colpa trova in me che tanto lo cangiò?

(momento di silenzio)

  Ma no, per lui mi mostro ingrata e dura...
Bando al timor... Ripigliam la lettura.

I.

(legge)   « — Addio, dicea, amar
     « Ti vo', lo giuro, e t'amo.
    « — Ah no! non lo giurar,
     « Amore solo io bramo.
    « È il giuro, ahimè! fallace,
     « Scordare mi puoi tu...
    « Tutto è quaggiù fugace,
     « Egli non m'ama più!

SCENA II.

Amleto, *traversa la scena nel fondo.*

OFELIA.

Ei viene a me; l'attira il mio richiamo.

     (osservando Amleto che fa qualche passo verso di lei)

S'avvicina... egli è là... legger fingiamo.

II.

 « — In te, crudele, il cor
  « Sperò; t'amai, ma tu
 « Per me non serbi amor...
   « È amor follia quaggiù!
 « Sì, sì, follia, follia...
   « Non vuol l'ingrato udir.
  « Mi fugge, ahimè! m'obblia!...
  « Addio!... meglio è morir!
 E muto ancora ei resta. (osservando di nuovo Amleto)

    (Amleto s'allontana precipitosamente)

   Crudele! s'involò!... (getta il libro)
Ah! il libro non mentì! I giuramenti han l'ali,
Nel core dei mortali — non possono restar!
Spariscon con l'aurora; li vede un dì spuntar,
  Morir lo stesso dì!
 Ahi! quando d'amor — quest'alma beata
 Il suo sul mio cor — sentìa palpitar,
 Degli angeli eterni, nel ciel testimoni
 L'udiste vantar — la fede giurata!...
 Di voi no giammai dovea dubitar!...
  I giuramenti han l'ali,
  Nel core dei mortali
  Non possono restar!

Spariscon con l'aurora,
Li vede un dì spuntar,
Morir lo stesso dì!

SCENA III.

Ofelia *e* la Regina.

LA REGINA.

A te presso il figliuol credeva trovar; perchè
In pianto il ciglio hai tu?... qual duol! rispondi a me.
Il segreto sai tu che il turba e lo desola?...
A te nol disse?...

OFELIA.

No; mi fugge, a me s'invola.

LA REGINA.

L'amor che ti giurò...

OFELIA.

Mentiva nel giurar.
O ciel, mi scorda Amleto! Ahimè! non m'ama più!

(cadendo ai piedi della Regina)

Lascia che dallá reggia andar lontan poss'io,
Cercar voglio un asilo, e lo domando a Dio.

LA REGINA.

(rialzandola)

Partir! tu! no, t'arresta, ei la sua fe' ti diè;
L'amor suo non perdesti.
L'ostacolo che alzarsi nel mistero vedesti
Fra due cori non vien nè da lui nè da te.

(Ofelia, guardando la Regina con stupore)

Nel guardo suo vedea
Brillar come un balen,
Una vision parea
Seguir dell'aure in sen.

Io lo chiamo, non m'intende,
Ma completa il mio terrore,
E respinge con orrore
Questa man che a lui si stende.
 Non partir! Io tremo ancora...
È una madre che t'implora!...
Fa sparir la sua follia,
Il suo cor tu puoi lenir!
Giunga a te la prece mia,
Non partire, non partir!...

OFELIA.

T'obbedirò, regina...

LA REGINA.

Vanne, il re s'avvicina.

(Ofelia esce)

SCENA IV.

Il Re, la Regina, *poi* **Amleto.**

IL RE.

La ragione d'Amleto è del tutto turbata:
Regina, folle egli è; il senno più non ha.

LA REGINA.

La verità fu forse al figlio mio svelata?

IL RE.

Dio mercè, nulla ei sa. — Silenzio, ei viene qua.

(Amleto entra in iscena)

LA REGINA.

Figliuol!...

IL RE.

Amleto!

AMLETO.

Sire!

IL RE.

Di padre dammi il nome.

AMLETO.

Sire, mio padre è in ciel.

IL RE.

La sua memoria, oh come
M'è cara! in nome suo io stendo a te la man.

AMLETO.

Fredda è la sua; scordato l'han tutti, ed il suo nome
Nessuno più proferirà doman!

IL RE.

Figliuol!

AMLETO.

Amleto io sono.   (per partire)

LA REGINA (trattenendolo).

D'Ofelia in traccia vai?

AMLETO.

Ofelia!

LA REGINA.

Giovin, bella...

AMLETO.

È ver, ma la beltà,
La gioventù, sparir tutto un sol dì farà!

IL RE.

Se questo nodo ancor stringer tu non vorrai,
Chi ti ritien? Veder Francia, Italia potrai...
In quei lidi seguirti il mio pensier saprà.

3

AMLETO.

Non vedi tu, non vedi quella nube nel cielo,
Volar su per lo spazio come un argenteo velo?
Vorrei, vorrei com'essa librarmi all'aria in sen,
In mezzo delle stelle, in mezzo dei balen!...

IL RE.

Folle desir...

(s'ode di dentro una musica giuliva)

      Ascolta, Amleto... Ecco la festa...
Leva la fronte alfin, scaccia l'immagin mesta...

LA REGINA.

Potessi dissipar lo strano suo dolor!

AMLETO.

      Affè, mostrar vogl'io
Spettacolo novel che per voi si prepara:
    Qui nei giardin' venuta è al cenno mio
    Schiera d'attori di destrezza rara:
    Buffon', mimi, istrioni
Che rappresenteran lor parte con coscienza.

IL RE.

Ebben, seconderem, Amleto, il tuo desire;
A tuo talento dunque puoi farci divertire...
Fa il tuo voler.

LA REGINA.

Io tremo!   (il Re e la Regina escono)

AMLETO (seguendoli con lo sguardo)

O padre mio, pazienza!

SCENA V.

Amleto, Orazio, Marcello, Comici.

MARCELLO.

Son questi gl'istrioni chiesti da voi, signor.

AMLETO.

Che sieno i benvenuti al castel d'Elsenor.

CORO.

Prenci senz'appannaggi,
Ridicoli campioni,
Dame, signori e paggi,
Buffoni — ed istrioni
Appiè di vostr'altezza
Pronti sono ad offrire
Con zel la lor destrezza,
   L'abilità.

AMLETO (da sè).

La vittima in veder dall'avel ritornata,
Sovente l'assassin la colpa ha confessata.

(ai comici) Ecco quel che desio da voi... State ad udir:
Turbata è la Regina, il figlio suo divaga,
Per divertir la Corte e per distrarre il Re
Rappresentar dobbiam « la Morte di Gonzaga. »
L'istante indicherò di versare il velen,
Obbedire al mio cenno a voi tutti convien.
Ma intanto allegri stiam — beviam, ridiam, cantiam.
Olà, paggi, del vin !... Senza del vin non v'ha
Nè follia, nè piacer. L'esempio eccolo qua.

(i paggi portano le coppe e del vino. Amleto si fa versare del vino)

I COMICI.

Ah! per noi qual onòr,
        O signor!

AMLETO.

O vin, discaccia la tristezza
   Che mi pesa sul cor!
A me le gioie dell'ebbrezza
   E il riso schernitor.
O liquore — incantatore
Versa l'ebbrézza e l'obblio nel mio core.

ORAZIO e MARCELLO.

(Egli cerca l'obblio nell'ebbrezza.)

CORO

Il liquor desta in core l'allegrezza.

AMLETO (col nappo in mano).

   La vita è breve,
La morte vien,
Rider si deve,
Bever convien.
   Ognuno, ahimè!
Legata al piè
Ha la catena;
   Tristi pensier,
Gravi dover,
Continua pena!
Via da noi cure e pensier!
Solo ha senno chi non ne ha.

(tutti escono — i Comici seguono Orazio e Marcello)

QUADRO SECONDO.

Gran sala nella reggia, illuminata per una festa. A destra, il trono reale;
a sinistra, tribuna per la Corte.

SCENA I.

Marcia danese.

Entrata del **Re,** *della* **Regina,** *di* **Polonio,** *di* **Ofelia,**
poi di **Amleto,** *seguìto da* **Orazio,** *da* **Marcello** *e da tutta la Corte.*

AMLETO (siede ai piedi d'Ofelia col guardo fisso sul Re e sulla Regina).

> Bella, concesso a me
> Sia di restar al vostro piè.

OFELIA.

> Prence, quel guardo il cor
> M'agghiaccia di terror.

(Ad un cenno del Re, tutti prendono posto sulla tribuna. Squillo di trombe,
che annunzia l'incominciare dello spettacolo)

Pantomima.

Un vecchio re, con la coróna in testa, entra lentamente in iscena, appog-
giato al braccio della regina, che ha lo stesso vestito di Geltrude, la
sposa del nuovo re di Danimarca.

AMLETO (piano a Marcello e ad Orazio).

> Attenti stiam! Lo sguardo fissate voi sul Re:
> E se il vedete impallidir, lo dite a me.

(Amleto ha gli occhi fissi sul Re, spiega i diversi movimenti degli
attori, a seconda del dramma mimico)

> È il vecchio re Gonzaga e Ginevra sua donna;
> In un remoto loco ella guida il suo piè.

Gli accenti dell'amor, che udir noi non possiamo,
Il labbro suo dir deve... Ecco che il re s'assonna:
Dorme già sul suo core;
Ma non lontan veggiam il dèmon tentatore...

(un nuovo personaggio compare sul teatrino. Il suo viso e il suo vestire
sono quelli del Re)

Ei s'avanza pian piano — il velen è in sua mano.
  Nutre amor per lui la rea,
  La ragione ne perdea;
  Mortal nappo gli offre; il perfido
  Versa il tosco nell'orecchio del Re...
  Ei muor!... Dio chiamollo a sè.
    E l'altro, l'assassin,
    Queto, tranquillo in cor,
    Osa por sul suo crin
    Il regal serto d'or...

(slanciandosi sui gradini del trono reale, ed alzandosi tutto ad un tratto
innanzi al Re)

Sire, turbato sei!

IL RE (si leva furioso).

Cacciate via di qui
Quegl'istrioni rei!...

(cala il sipario del teatrino sul palco. I cortigiani si alzano in disordine,
e si fanno attorno al Re)

AMLETO (fingendo follia).

Ferite l'uccisor!
Ferite il traditor!
Dubbio non v'ha: fu lui che il veleno versò.

CORO.

Che osa dir?... La ragione in esso s'oscurò.

LA REGINA.

Amleto!... mio figliuol!...

OFELIA.

Signore?

AMLETO.

                              L'uccidiam!...
Puniamo l'omicida! il rege vendichiam!...

(avanzandosi verso il Re, e facendosi largo fra i cortigiani che lo cir-
condano)

Ecco il reo! miri ognun!... Nol ravvisate voi?
Egli fa ingiuria al cielo, ed osa Dio sfidar!
Del diadema regal cinto il veggiamo noi.

(stendendo la mano per istrappare la corona dalla fronte del Re)

Giù, giù, maschera vil! vana corona giù!

(Orazio e Marcello cercano di trascinare Amleto)

IL RE.

Oltraggio mortale!
Insania fatale!
Che fremere il core di rabbia mi fe'.
Nel folle furore
Insulta all'onore.
Perfin della madre, sfidando il suo re!

LA REGINA, OFELIA e CORO.

Offesa mortale!
Demenza fatale!
Che fremer il cor... d'orrore ci fe'!
Nel cieco furore
Macchiato ha l'onore
E l'alta maestà sfidata ha del re.

AMLETO.

O vin, discaccia la tristezza
Che pesa sul mio cor...

A me le gioie dell'ebbrezza
E il riso schernitor!

(ridendo)   Ah, ah, ah!

IL RE.

Dei doppier'! dei doppier'! mi seguite!

(Amleto cade nelle braccia d'Orazio e di Marcello. Il Re esce precipitosa-
mente, seguito dalla Regina e da tutta la Corte)

FINE DELL'ATTO SECONDO.

ATTO TERZO

Stanza nell'appartamento della Regina. Nel fondo i ritratti, in piedi, dei due re. Un inginocchiatoio. Sopra una tavola, lampa accesa.

SCENA I.

Amleto, *solo.*

Potea svenar quell'assassino,
E risparmiato l'ho! Perchè mai tardo ancora?
Posso pensar che non è reo?
No! perchè tardare ancora?
Punir lo deggio ormai!
(volgendosi verso il ritratto di suo padre)
E tu! sparito sei, tu, padre mio?
(dopo lungo silenzio)
 Essere o no!... mistero!
  Morir!... dormir!... sognare!
Se dato fosse a mè quaggiù te ritrovare,
Il legame spezzar che mi tien prigioniero!...
Ma perchè? qual è mai quest'incognito suol,
Onde chi vi traea ritornare non suol?
  Essere o no!... mistero!
Morir!... dormir!... sognar... forse!
(ascoltando)
 Ma chi mai osa qui seguirmi?...
 Il Re! è Dio che me lo invia!
     (si nasconde dietro una cortina)

SCENA II.

Il Re *e* **Amleto,** *nascosto.*

IL RE.

Ah, che invano io sperai il rimorsò sfuggir !
Il destin del germano, o duol! è da me ambito!
Ei vive già nella celeste vita,
  Ed all'eterna morte io mi vedea dannar !

AMLETO.

Ei si offre al mio pugnal !

(egli fugge nell'ombra, e si tiene al fondo col pugnale in mano)

IL RE (si prostra innanzi all'inginocchiatoio).

Io t'imploro, o germano :
Se m'odi tu, scendi dal ciel, deh! calma tu il furore
Di colui che regge anco i re !
Ah! tutto è van, più sperar non m'è dato !

(egli si china con disperazione ai piedi dell'inginocchiatoio)

La voce ed il guardo soli vanno al cielo!
Ed il pensiero resta sulla terra.
Ahi! Dio non m'udirà!

Io t'imploro, o germano, ecc.

(egli ricade in ginocchio)

AMLETO (da sè, arrestandosi nel punto di ferire il Re).

Ei prega! Col pregar potria salvare l'alma !
Non quando prega Dio,
Ma quando in soglio sta di gloria circondato
Io svenar lo potrò.

(getta il pugnale e si nasconde dietro una cortina)

IL RE.

Qual fantasma vid'io colà nel tenebrore !
O terror... Era là !... Polonio, olà !

SCENA III.

Il Re, Polonio *e* **Amleto,** *sempre nascosto.*

POLONIO.

Sire, qual mai clamor?

IL RE.

Là vid'io, come un'ombra,
Passar lo spettro del fratel!

POLONIO.

Calma il turbato cor, scaccia alfin il terror.
Un detto, un gesto sol tradire ci potria!

IL RE.

Vien.   (esce in fretta seguìto da Polonio)

SCENA IV.

Amleto, *solo, poi* **Ofelia** *e la* **Regina.**

AMLETO.

Polonio, ah! complice suo!
D'Ofelia il genitore!
O ciel, perchè fu noto a me
Il terribile arcan?

              (cade su d'un seggio. Entrano la Regina ed Ofelia)

LA REGINA (fra sè).

Eccolo! la sua mente alfin mi sia svelata.

                         (avvicinandosi ad Amleto)

Mio figliuol,   (Amleto s'alza)

Per mia cura, e per ordin del Re,
Preparato è l'altar; ecco la fidanzata.

(gli mostra Ofelia. Amleto rivolge altrove gli occhi e tace)

OFELIA.

Tace ancor! e lo sguardo ei rivolge da me!

AMLETO.

(Oh tortura! Oh supplizio!
Dell'esecrata colpa fu complice suo padre!)

LA REGINA.

Attesi siam! deh vien!

AMLETO.

Me danni il ciel, o madre,
Prima che l'imeneo funesto sia compiuto!

OFELIA.

Che diss'ei?

LA REGINA.

(Qual baleno negli occhi suoi brillò?)

AMLETO (con accento d'amarezza e di dolore).

Deh! vanne in un chiostro, Ofelia infelice;
A te vagheggiare un sogno non lice,
Che sparve dal cor.
È folle da me chi credesi amata!
Quest'alma è di gelo, e resta serrata
All'ansie d'amor.

LA REGINA.

E che! figliuol, tanta beltà
Lo sguardo ancora — di chi t'adora
E i giuri tuoi — scordar tu puoi?...
Dell'obblio l'ora — suonata è già?

AMLETO.

È ver, nel pensier mio — tutto struggea l'obblio!

OFELIA.

L'amor giurato a questo piè,
Un tant'amore ond'era altera,
L'anello stesso ch'ebbi da te,
Illusïone fu menzognera.

AMLETO.

Di sì dolce pensier perduto ho la memoria.
(fra sè) (L'orrenda verità divise i nostri cor!)

OFELIA (togliendosi l'anello e dandolo ad Amleto).

Se tu non m'ami più, riprendi quest'anello!...

· AMLETO.

Ofelia!... O' dolce amor!... (Sol penso al genitor!)
(spezza l'anello e lo getta)

LA REGINA.

Ei piange al sol nomarti... E si sovviene.

AMLETO.

No!

Deh! vanne in un chiostro, Ofelia infelice;
A te vagheggiare un sogno non lice,
Che sparve dal cor.
È folle da me chi credesi amata...
Quest'alma è di gelo, e resta serrata
All'ansie d'amor.

LA REGINA.

E che! sì crudele ti mostri per lei!
Menzogna o follia!... Cangiato tu sei...
Tremante è il mio cor.
Il dubbio offuscava quest'alma atterrata,
In te l'ira ancora non veggo calmata
Da un tenero amor.

OFELIA.

Funesta demenza! crudele follia!...
Virtù, gloria, onor, ahi!, tutto sparìa!
　Ahi! tutto in te muor!
Sei tu quell'Amleto che m'ha tant'amata?...
Hai dunque per sempre quest'alma serrata
　All'ansie d'amor!

Insieme.

AMLETO.

Quest'alma per sempre è chiusa all'amor!

LA REGINA.

(Qual cupo sospetto spegnea quell'amor!)

OFELIA.

Addio, sogni rosei, bei sogni d'amor!

(Ofelia parte cercando di nascondere le sue lagrime)

SCENA V.

Amleto *e* la Regina.

LA REGINA (dopo lungo silenzio).

Amleto, immenso è il mio dolor; traspare
L'ira nei detti tuoi,
Ben più che la follia... Ma favellare
Non giova più d'Ofelia e dell'amore.
Per pietà, d'una madre i voti non sprezzar...
Chè da rischio fatal non ti potrei salvar.
Al padre tuo facesti, Amleto, grave offesa...

AMLETO.
Chi di noi due più offese mio padre?

LA REGINA.

                          Che di' tu ?

AMLETO.

Dimenticato l'hai ?...

        LA REGINA (tremante).

            Figliuol !

AMLETO.

                    Grave error fu.

Sovvenire ten devi !

            LA REGINA.

            Deliri ?... Torna in te.

AMLETO.

Ma un rimorso il tuo core non rode ?

            LA REGINA.

                        Figliuol mio !...

Scordasti tu chi sono ?...

            AMLETO.

                    T'inganni : non l'obblio.

Tu mi sei madre, sei la regina,
Che un folle amore spinge e trascina
Del suo consorte verso il germano !

        (la Regina vuole allontanarsi, Amleto le chiude la via)

No, non mi puoi fuggir ; donna, restar qui dèi.
Nel profondo del cor, se pure il puoi,
Abbassa gli occhi tuoi.

        LA REGINA (retrocedendo innanzi ad Amleto).

Assassinar mi vuoi, gran Dio !

            AMLETO.

                    No, questa mano

Anticipar non vuol la giustizia del ciel.
Un parricidio fora al pari empio e crudel
Che far morir un re per darsi al suo germano !

LA REGINA.

Che far morire un re!...

AMLETO.

        Sono i miei detti... Ebbene?
Taci?... Più non rispondi?... Ripeterlo conviene?
  No, che rifugio tu più non hai,
La fè tradita piangere or dèi.
  In me un figliuolo più non avrai,
Innanzi al giudice ora tu sei.

LA REGINA.

  No, mio rifugio tu sol sarai,
Farmi soffrire così non dèi...
  Tu mio figliuolo esser dovrai,
Non già mio giudice, sì rio non sei!

(supplichevole)

  Perdona il cielo istesso la madre desolata,
Figlio, Amleto, a te stendo le mani disperata!

AMLETO.

Quelle mani il veleno versarono.

LA REGINA.

          Il dolore
M'offusca la ragione... pietà non hai nel core?

AMLETO (mostrando i due ritratti alla Regina).

Colà sono le effigie dei due regi
Che nacquero germani. Mira : ha l'uno

(indicando il ritratto del padre)

Grazia, beltà serena,
Coraggio, fè, di virtù l'alma piena;
In lui traspar la maestà dei re.
Fu il tuo sposo primiero.

(indicando l'altro ritratto)

        Là, onta, infamia,
Artificio, terrore, vituperio,

Delitto ed adulterio;
Tutto è raccolto in' esso. Donna, è questo
Il nuovo tuo marito,
Il cor da te richiesto — da te ambito,
Il mostro, l'uccisore,
Il dèmone infernale
Che dare osasti tu pér successore
All'altro!...

LA REGINA.

Pietà!... Grazia!... a me perdona!...

AMLETO.

No, no, in difesa tua chiama il tuo re.

LA REGINA (prostrandosi innanzi ad Amleto).

A me perdona, tremante io sono.
Vuoi tu ch'io mora, non hai pietà...
Non puoi negarmi il tuo perdono...
La mia preghiera ti placherà.

AMLETO.

Quel mostro infame, quell'assassino
Succede al padre!... tu il vedi, o ciel!
Subir t'è forza il tuo destino...
Mi vien sugli occhi di sangue un vel.

(la Regina stringe le màni d'Amleto e si trascina a' suoi piedi.
Amleto la respinge. Essa cade sui guanciali d'un letto di ri-
poso. La lampada s'oscura. Lo Spettro appare)

LO SPETTRO.

Amleto!

AMLETO.

Cielo! spiriti immortali,
Mi covrite con l'ali.
Parla, da me che vuoi?

LA REGINA.

Qual demenza funesta!

4

AMLETO.

Ombra tremenda e cara, la voce tua ridesta

(prostrato)

L'ira d'un figlio ingrato... ma ingrato non son più.
Favella.

(lo Spettro s'avanza verso Amleto, che indietreggia)

LO SPETTRO.

Non obbliar; ma risparmia la madre.

LA REGINA.

Perchè lo sguardo hai fisso nello spazio?
Con chi favellar credi?

AMLETO.

Là, là, lo mira, il vedi?
Non mi guardar così, mi privi di valore;
Il pianto può blandir lo sdegno ch'ho nel core:
Pianto non vo', ma sangue.

LA REGINA.

Figlio!...

AMLETO.

Là, innanzi a me,

Non lo ravvisi tu?

LA REGINA.

Ah! mi vacilla il piè!

(lo Spettro s'allontana lentamente)

AMLETO.

Non l'odi tu?... Silenzioso e lento
S'allontana... La soglia varca.

(le porte si schiudono innanzi allo Spettro, che si volge di nuovo
verso il figlio)

LO SPETTRO (stendendo la mano).

Non obbliar!

LA REGINA.

Ah! per pietà, se mai pari visïon s'affaccia
    Al tuo pensier, la scaccia.

AMLETO.

Ah! non pensar ch'io sono
Demente; mi calmò la favella del padre.
Pentir ti puoi, pregar, dormir tranquilla, o madre!

(conducendo la Regina alle sue stanze)

FINE DELL'ATTO TERZO.

ATTO QUARTO

Un sito campestre ombreggiato da grandi alberi. — In fondo, un gran lago cosparso d'isolette verdeggianti. — Sulla riva, salci e canneti. — È l'alba.

SCENA I.

Uno stuolo di giovani contadini danesi entra in iscena
al suono di pive e di tamburelli.

CORO.

Alfin la ridente — stagione arrivò
    Dei nidi e dei fiori.
Di raggi più vivi — il sol ci schiarò;
Usciamo... Le porte più chiuse non son.
    Lasciam la magion,
    Veniam tutti fuor.
Amor per tutto brilla. Cantiamo il bell'april,
    Che ci dà fiori
    E nuovi amori.
Cantiamo i lieti giorni e la stagion gentil.

DANZE.

La Festa della Primavera.

SCENA II.

Il **Coro** *ed* **Ofelia.**

CORO.

Chi mai fia questa bella
E giovin damigella?

(Ofelia in veste bianca, bizzarramente ornata di fiori e cói capelli discinti)

OFELIA.

Ai vostri giuochi anch'io
Prender parte vorrei. Farlo poss'io?
Nessuno mi seguia!
Io la reggia fuggia del giorno al primo albore.
Di brina mattinal la terra era gemmata,
E l'augelletto udir fea la canzone usata.
Ma voi perchè tacete?
Non mi riconoscete?
Amleto è sposo mio,
Ed Ofelia son io.

CORO.

(Ofelia! sventurata!)

OFELIA.

Un giuro a lui m'unìa:
In cambio del suo core, egli mi chiese il mio,
E se qualcun vi dice che mi fugge e m'obblìa,
V'inganna, è un menzogner!
A lui diedi il mio cor ed il suo volli aver...
(con dolore) Se tradirmi egli può — il senno perderò!
Vi voglio offrir dei fiori.
(ad una fanciulla)   A te do un mazzolino
Di romarin selvaggio;
(ad un'altra)   A te do un mugherino;
Ed ora una canzone a tutte canterò.

I.

Bella e bionda
Dorme in sen dell'onda
La villi dall'occhio fatal...
Che il ciel guardi
Chi sul tardi
S'assopia del rio sul cristal.
(con dolore) Sul cor della sposa
Lo sposo ha il suo cor;
Quest'alma è gelosa
D'un sì dolce amor.

II.

La sirena
Passa e seco il mena,
Ahi! crudel.
In fondo al ruscel...
L'aere ha un vel.
Cielo azzurro, addio!
Freddo avel
Per te già s'aprìo!
Sul cor della sposa
Lo sposo ha il suo cor, ecc.
Sparito sei nel rio!
Dormi pur, dormi... addio!
Mai più ti rivedrò.

(termina la canzone con un gorgheggio, nel quale i singulti si alternano
cogli scoppii di risa; poi si lascia cadere su d'una zolla, e fa cenno
al coro d'allontanarsi)

CORO.

(La ragione da lei s'involò!)

OFELIA.

Ei vien... mi par d'udire
La' voce sua... Punire
Lo vo' d'aver tardato.
Bianche villi, fra voi celar
Mi vo'; fra voi mi dee cercar.

(si china sulla riva appoggiandosi con una mano alle felci e con l'altra
scostando le canne)

« Nega, se vuoi, la luce;
« Di' pur che il sol — non ha splendor,
« Che non v'ha ciel — che non v'ha Dio;
« Ma dubitar non puoi dell'amor mio!

(si vede ondeggiare la sua veste bianca, poi il suo corpo è tratto via
dall'onda. — S'odono in lontananza ripetere le ultime parole del suo
canto)

FINE DELL'ATTO QUARTO.

ATTO QUINTO

Il cimitero d'Elsenore. — Marmi funerarî sotto alti cipressi. — A destra, una cappella. — In fondo, la città di Elsenore e il mare, rischiarato dagli ultimi raggi del sole cadente.

SCENA I.

Due **Becchini,** *poi* **Amleto.**

I.

I. BECCHINO.

Dama o prence, la salma
Ognun lasciar dovrà;
La terra il corpo avrà,
Che Dio ricéva l'alma!
Perchè mai ci attristiam?
Amor, ricchezze e gloria
Son fole passeggiere!
La vita è nel bicchiere.

(i becchini bevono. — Amleto comparisce in fondo e si ferma)

II.

II. BECCHINO.

Ognun venir dee qua,
Perchè così va il mondo!
Perchè mai ricercar amor, ricchezza e gloria,
Salvo il piacer di bere?
La vita è nel bicchiere.

AMLETO (da sè, in fondo).

Come la morte è fatta a costor famigliare;
Il bicchiere per essi è l'altare!

(si avvicina lentamente)

Per chi mai scavato da voi fu quest'avello?

I. BECCHINO.

Per talun che s'avrà pianto inutil quaggiù!

AMLETO.

Ed è?

II. BECCHINO.

Detto me l'hanno,
Non mel rammento più!
La notte segue il dì, così va il mondo!

(i becchini si allontanano)

SCENA II.

Amleto, *solo*.

AMLETO.

La stanchezza fa grave il piè, nell'ossa ho un gelo!
Erro, già son tre dì, nell'aperta campagna
Per me sottrar agli assassini!
Nel sangue mio il re vuole spegner l'ira!
I miei disegni Orazio seguirà :
Sì, potrò differir, ma scordarli giammai!
Nulla poss'io obbliar, nemmeno Ofelia mia,
Che m'amò!... Quell'amor, come un fatal velen,
Le turbò la ragione, la fe' misera appien!

I.

Come il romito fiore,
Che s'apre accanto ad una tomba,

Ah! vinto dal dolor,
Quel franto cor langue e soccombe!
Del mio destin fatal tu la vittima sei;
Ahimè! perdona a me!

II.

Lo sprezzo mio crudel
Colpì l'alma tua desolata!
Aspiri solo al ciel,
Ofelia mia idolatrata! •   (con dolore)
Ahimè! perdona a me !
Vedi il pianto, Ofelia mia,

Ah! perdona a me!
Ma chi vêr me s'avanza ?

(Laerzio entra in iscena avvolto in un mantello. — Amleto gli va incontro)

SCENA III.

Amleto *e* Laerzio.

AMLETO.

Orazio, tu !

LAERZIO.

Laerzio.

AMLETO.

Laerzio !

LAERZIO.

Qual terror in te ?
Prence ! Perchè d'un amico la man
La tua man non ritrova aperta ?
Sì, tornato son io per te !

AMLETO.

Per me!
Che vuoi da me? Qual mai desir ti guida?

LAERZIO (con forza).

Tu mel chiedi! perverso!
Credi tu ch'io dia fede al tuo dolce parlar?
Rispondi a me, deh parla; di': d'Ofelia che festi?

                 (Amleto rivolge gli occhi e tace)

Oh suora mia!
Oh dolore! pensar potevo io mai,
Quando stringea la tua man qual fratello,
Che non l'amassi tu!

AMLETO (in atto d'allontanarsi).

Laerzio, che Dio vi guardi!

LAERZIO (chiudendogli il passo).

Speri invan di fuggir, me svenar pria dèi!

AMLETO.

No, la colpa del padre non dee su te cader!
Innocente è il figliuol.

LAERZIO.

Spergiuro!

AMLETO.

Ah! tu lo vuoi!

                 (impugna la spada)

LAERZIO (snuda la spada).

Vieni allor, e fra noi sia sol giudice Iddio!

     (incrociano i ferri, dietro le quinte odesi una marcia funebre, —
Entrambi si arrestano)

AMLETO.

Ascolta!... Ah! di': non odi tu?

LAERZIO.

Qui la bara è rivolta.

AMLETO.

Chi mai moria? mel di'!

LAERZIO.

Ahimè! Nol sai! non sai chi morì?

(Laerzio ripone la spada nel fodero. Amleto indietreggia a passo a passo nell'u-
dire l'avvicinarsi del corteggio, e si nasconde dietro un mausoleo)

SCENA IV.

Amleto, Laerzio, Signori, Fanciulli, Valletti, *con torcie, poi*
il Re *e* **la Regina,** *indi* **lo Spettro.** — *Il corteggio giunge*
in iscena. — *Un coro di fanciulle vestite di bianco pre-*
cede la bara, ove trovasi distesa Ofelia morta.

FANCIULLE.

Povero fior! sì bello,
Ahi svelto dallo stel!
Non la trova il dì novello!
Ah, la morte fu crudel!

SIGNORI.

Ella è spenta!
Preghiam per lei! In sen del ciel
Dio la richiama,
Sì cara, sì bella.
Preghiam, preghiam!

(il Re e la Regina chiudono il corteggio. La bara è disposta avanti le porte
della cappella)

AMLETO.

(slanciandosi in iscena e togliendo il velo che copre la salma di Ofelia)

Infelice!

TUTTI (meno Amléto).

Tu qui!

AMLETO.

Spenta! già fredda!
Infamia! Ah! dei delitti lor la vittima fosti!

(si prostra vicino ad Ofelia)

Ti perdei! No, no,
(si alza)
Dio, nel ciel ci unisci tu! Morrò!

(rivolge la propria spada contro sè stesso, Orazio e Marcello corrono verso
lui per fermargli il braccio)

MARCELLO, ORAZIO, SIGNORI.

Che vuoi far? delirio fatal
Il senno ti turbò!

LA REGINA.

Ah!

(lo Spettro appare in fondo fra le tombe)

Figliùol!

AMLETO.

Ah, lo giurai!

IL RE.

Il re!

CORO.

O terror! O spavento!
Lo spettro è del re che tornò dall'avel.
Tremendo egli appare!
Qual destin su noi de' or discender dal ciel!

AMLETO.

Sì, tremate di spavento!
Lo spettro è là del re che tornò dall'avel:
Tremendo egli appar!
Or si deve obbedir ai voleri del cielo!

IL. RE e la REGINA.

O terror, o spavento!
Lo spettro è là del re che tornò dall'avel:
Tremendo egli appar!
Io leggo in viso a lui la volontà del ciel!

LAERZIO, MARCELLO ed ORAZIO.

O terror, o spavento!
Lo spettro è là del re che tornò dall'avel:
Tremendo egli appar!
Morte stessa obbedir deve al voler del ciel!

IL RE.

Grazia!...

LA REGINA.

Pietà!...

LO SPETTRO.

L'ora è suonata!
Tu, figliuol, or compir dèi l'opra cominciata!

AMLETO.

Ah! forza la mia man a trapassargli il cor!
Guida l'acciar!

(si slancia contro il Re, cogli occhi fissi sullo Spettro)

IL RE.

Ah! (cade colpito dalla spada di Amleto)

TUTTI (meno Amleto, il Re e la Regina).

Il re!

AMLETO.

No, l'assassin, l'uccisor di mio padre!

LO SPETTRO.

Il fallo fu espiato, il chiostro avrà la madre.

IL RE.

Dannato io sono!...

LA REGINA.

O ciel, perdona a me!

LO SPETTRO.

Vivi pel popol tuo, il ciel ti volle rè!

AMLETO.

Quest'alma è nella tomba, ed io son re!

ORAZIO e MARCELLO (sfoderano la spada)
SIGNORI e SOLDATI.

Viva il re!
Viva Amleto nostro re!

FINE.